UN228162

まぼろしの雨

maboroshi no ame
iida hare

飯田晴句集

ふらんす堂

まぼろしの雨＊目次

句集　まぼろしの雨

I

二〇一八年～二〇一九年

鯊釣は立つて見るべし夕空も

月下みな舟となりたる明るさよ

梨買うてひぐれの方へ歩き出す

古書店はしーんと秋の湖水なり

街若し芝居のあとに月の出て

晴れて夜も宇宙のかをりラ・フランス

荒草に都のみゆる秋の昼

うす墨の花野よりこゑ引きはじむ

ふつつりとわれも日暮やいぼむしり

葉をつかむときの冷たさ空より来

古セーターまぼろしの雨棲みゐたり

昼といふあかるさ地図になき枯野

着ぶくれて鴉の森に隠るるか

捨て穴に夕日ひしめく冬野かな

大根を過ぎたるに沼なほ遠し

蔦枯れて耳に無音の詰まりをり

冬椿まで来て迷ひたくなりぬ

雪になりさうと云ふころゑ粉雪に

はじまりの春は山にもむらさきを
弓なりの書架の細胞めく春よ

地下書庫は追想の海あたたかし

春水に浮く三日月のゆれごこち

野の神もわれも草餅なら二つ

あたらしき蝶がねむりにくる葉裏

蓬野へひらり雀に先んじて

まばたきの春や羊の白まつげ

野に降りるつばめは青となりながら

鐘の鳴るころを帰れや白つばな

佃煮は貝がよろしと柳かな

水界のかもめと春を惜しみけり

踏んで野にしづむ筍流しかな

訃は風にひろがり緑からみどり

夜参りや水のなかより牛蛙

守宮鳴く時計に電波とどきけり

水巡るたれも跣足のうれしさに

昼月や町に大きな夏蜜柑

だんご虫かるくまたいで今日暑し

指さして天牛のゐるところも夜

松風を聴くに陶枕借りたしや

蛾は青くひらく静かな海として

水に向くひるがほに対岸のあり

どの部屋も盆なり薄くうすく波

世は秋のひかりページの中に蝶

つゆくさにやみさうな消えさうな雨

てっぺんに鵙鳴くは忌の近しとも

コスモスをあるく小さくなりながら

月山に目覚めて露を聴きゐたり

目のふちのつめたさ花野なほ暮るる

夕日より戻りて山のきのこ汁

鳥を聴くひとにも霧の及びけり

鉦叩ひるは小さき闇つくる

人のゆくうしろから秋草になる

こゑひとつ放てばもどりくる秋思

街角として焼栗のあらはるる

切れぎれの鶲ひぐれの暮りけり

冬沼のきらめきに鳥入らむとす

枯に沿ふ道あり枯を追ふやうに

青沼へきつねのかたちして狐

歌を着るやうに聴きたり十二月

イタチ科の毛皮の中にゐて笑ふ

猫すでに夜の匂ひの大晦日

三日月の白さを帰る枯野人

Ⅱ

二〇二〇年

傷あとに糸の手ざはり去年今年

紅筆の獣のしなり初鏡

宙からの石撫でて一月の旅

つめたくて夜は琥珀を覗くかな

刃をつかふとき甘鯛に灯のとどく

水温む一書のなかに誰かゐて

島は春どの夜空から帰らうか

あたたかや手帖に描いて馬のかほ

階段は大きな蝶につづきけり

空へ鳴く鳥の入つてゐるさくら

入海は魔のくらさ赤貝のひも

春夕べたまご割る手の濡れてをり

さくらさく夜の古くてその中へ

眉消して素泊りといふ春の闇

芹食うて同じ匂ひの母と子に

摘草の径のあをくてきつね雨

花いばら小屋の白鳩見にゆくか

亡き者へ鳥柄杓の立つ景色

蛞蝓をふちどりとして雨つづく

葉桜の東京が透きとほる傘

水生の髪ひろがれり夜のプール

摑みゐる一枝と暮るる青葉木菟

薔薇の影あつめて鳥を埋めけり

からす絵の団扇使うてゐて雨に

遠を見るほかなし夏の海まひる

冥界にいまも汝ありいなびかり

初秋の水のたぐひを食うてをり

菊白しフランス風の夢のあと

秋のかほして屋上を歩きけり

鳥渡る水は日暮を広げをり

白飯を汚さずに食ふ星月夜

秋風や頭のなかに山ひとつ

竜田姫ときどき鈴をこぼしけり

猪罠のからつぽといふ暗きもの

火をつかふ静けさにゐて冬の蠅

家までが見えて十一月の坂

枯れしものあつめて風を帰るかな

牛肉に脂の重さ初しぐれ

つめたさの黒革に突き当たりけり

Ⅲ

二〇二一年

歌ひしか海に鯨の軋みあり

海峡の夜といふべき蒲団かな

白鳥は水に囲まれつつ来り

突つ伏して腕のなかの寒さかな

白息や空見るための乗車券

てのひらは肉のつめたさ春夕焼

胡椒挽く春はひとりを楽しうす

野にも来る太陽白し抱卵期

生国の蛤買へばすぐ夜に

桃の日の押入れに猫ねむりをり

蝶湧いて空地より色はじまれり

花ぐもり酢の香くぐるは女の手

水底もさくらあかりのしづけさに

ゆふぐれのための椅子あり花の宿

遠く立つものに樹齢や夏来れば
ねむたくて風にすももの堕ちし音

そのへんのものを羽織つて螢見に

打つてみて蠅叩にも裏おもて

鮨つまむ硝子のをとこ火のをんな

冷房の部屋かなしみに似てゐたり

涼しくて夜は星々に籠るごと

夜濯のうしろもつとも暗きかな

龍死すと蒼蠅ばかり来てゐたり

蜘蛛通り過ぎては古書の匂ひけり

階段の最上階も秋に入る

虫鳴くや衣を納めしままの箱

八月の私信をひらくときナイフ

駅頭にほそく人ゐる野分かな

水運ぶ秋のことばを聴くやうに

来る人のだんだん見ゆる秋の風

水の江の月待つ私語のさやさやと

血族へ同じかたちの菊を剪る

秋草を裾に散らして母通る

諸食うて母系むらさきだちてをり

鹿ふいに跳ねて地表を明るうす

水越ゆるとき秋蝶の映りけり

うしろにも昼のひろがる紅葉かな

やや寒の舟べりを魚流れけり

草虱付き放題を笑ひけり

菊食うて何忘れてもよき齢

秋夕焼子どもが入りたがる箱

ねむれない夜の円周率レモン

熊棚に月山の熊置いてみむ

ランタンの夜や楢茸に毒すこし

山蕎麦というて茸のぬめりけり

秋風の蝶は主峰をゆくひかり

雁落ちて水は塒となりにけり

水の夜のいづかたも雁眠るころ

野山ごと露のひかりを小三治に

星座より星流れ出す枯野かな

耳寒く金沢行に接続す

けふ泊るつもり白鳥しろき町

銀髪と化していよいよ炬燵王

いちにちを一夜と数ふ冬ごもり

枯れしもの踏みて佛を巡りけり

冬蝶へ夢殿の鍵穴暗し

襖かりかりと破るは何者ぞ
投げられし異論ストーブから夜に

冬瀧の真正面を恐れけり

あとさきに鳥入りて枯つのる沼

さよならの手を凩の高さまで

Ⅳ

二〇二二年

水の上に別館のあり雪になる

雪だるま夜は聖者のかがやきに

雪原の男は神のごと行けり

透きとほるまでを暮らさう雪うさぎ

女正月ひるから鶏を食うてをり

夜の木のいきなりにほふ二月かな

少年に付いてゆきたる春の鹿

水取の八方けものらの呼吸

ふかきより灯すおぼろの伽藍かな

闇曳いて戻りしところ春の闇

蝶のため人は天窓ひらくかな

夢占を汝に語らうヒヤシンス

さくら咲く水のさくらを翳として

穴掘つて掘つて春愁かもしれず

ほろほろと春や解いて羽織ひも

花どきの亀が身ぐるみ干してをり

舌に乗す芹に水の香奔りけり

春宵の糸こんにやくを主役とす

苜蓿に坐れば消えてしまふ川

麦秋や死の数に鳥ふくまれず

文送る五月たとへば風入れて

眉描いて母の日の母ゆるぎなし

麦熟れて家も電車も拾へさう

帰りには見えて泰山木の花

緑さす手のなかに鳴るハーモニカ

花合歓の空を使うて歌ひけり

生きてゐる証に蛸を叩きけり

蛸喰うて足喰うて子午線の町

紺青は海彦のもの南吹く

淡路より藻の流れくる夕焼かな

肉食を欲す竜舌蘭の前

鳴く空に鳥のゐて汗流れけり

真日向の裏からも見む黄金蜘蛛

いま此処が銀河帝国氷菓ブルー

都には蚊の精もゐてよく鳴けり

雨になる小路ともあれ軆食はな

冷房の畳のうへの京ことば

北斎の鬼の出揃ふ旱かな

十字路といふ人界を揚羽蝶

しらしらと夢魔ばかり来る暑さかな

ほとけらに金のぬめりの蜥蜴出づ
土用太郎ぺらぺらを着て働いて

腰に手を当てて瀧見の女かな

木の下のしづかなことば夏果てぬ

森を嗅ぐための鼻あり颱風過

秋の夜の木星だれもゐないはず

墓標あり雲の高さを秋として

行年ののちのひなたを草の花

秋草を戻るに影をまとひけり

命日にして秋茄子のくたくた煮

あかるさの花鶏が奈良に散らばれり
秋光の木々に紛れてゆく遊び

夕暮の鹿は阿修羅のほとりにも

敗荷の向かうへ強く父を呼ぶ

金風となつて月山撫でてやろ

銀漢のかたむきて鳥こぼしけり

まつくろな山は菌をふやしをり

火は栗にゆきわたり火の鍋うごく

ゆくさきに伊勢うどんあり秋の雲

長堤の秋を急ぐは太郎冠者

鍬深くつかふ一身もて冬に

冬に入る栗の柱が家の芯

手首まで絹をとろりと近松忌

緞帳の下りて木の葉の街になる

鳥のほか黙りゐて川滾つ冬

窓枠に川の納まる冬館

冬ぬくしねむれよといふ椅子に揺れ

まばたきに何度でも消ゆ冬桜

V

二〇二三年〜二〇二四年春

身をひねる天日の鷹捉へむと
集落に降る雪ひとを匿ひぬ

雪ばかり見てゐて雪に化かさるる

山に雪この世にひとりめく薄暮

ゆふぐれが古くて雪に憑かれけり

神のごと居りて炬燵に爺と婆

まれびとに女は雪を尽しけり

とんがつてゐて焚火には近寄らず

水底は春待つによき国ならむ

左手が書きたいといふ春隣

水音は春のもの木々めぐりゆく

風ばかり吹いて今日より吾も二月

花なづな赤子に幌のひらかるる

水は日を浮かべたんぽぽ促せり

きさらぎの青へ還つてゆく木霊

春疾風森のうねりを急ぐなり

うかれ出てけふの桜を衣とす

糸ざくら宵には宵の糸垂るる

たつぷりと身を入れて花惜しむべし

夕ざくら鏡花の町にしだれけり

花筏われのみ遡りゆくか

蟻穴を出づ夕影を曳きもせず

街はテーブル春満月を載せてある

口笛の稽古つばめを待つてをり

柳絮飛ぶ流域ひかりつつ暮るる
すずしさや雨の模様が地の上に

夏つばめ夜明けの青きなかに駅

波ひとつ置かるるやうに心太

きららかや日向をよぎる尾が蜥蜴

一羽づつ吹かるる青葉木菟のひな

こゑかけて死者へ生者へさくらんぼ

水無月の消えさうな字を書く子ども

くらがりの木耳にふたたびの雨

誰も来ず誰にも会はず冷奴

新宿に消ゆるつもりのサングラス

街頭にわれを置きたる大暑かな

皿洗ふ機械みどりの夜となりぬ

金魚赤くて夢にも舌のざらりとす

樹々に風アイスクリーム買ふ小銭

散らばるはばら蒔くに似て日のボート

青きより行々子とぞ名告りけり

かはほりのジグザグ子どもらは帰れ

青嶺過ぐ雲の遠さの自由席

木のゆれて風入りメロンソーダ水

白南風や雲の大きな町に着き

夏蝶はこの坂道を知つてゐる

野は朝の鹿の子はづんで来りけり

あたらしき息をして胸底に秋

こちらから手を差し入るる真葛原

日に触れて日に透けてをり秋の蝶

朝顔の紺とひらくは天のもの

ひとりてふ水底のあり黄落す

ざくろ割れ死者のほとりの華やぎぬ

月浴びに行かう舟ある処まで

甘えたき日のありふかし諸呉れよ
花すすき昼の熱からひるの夢

月のバスをりをり人をこぼしけり
夜の音重なる秋のターミナル

膝ひたと置きて鋤焼はじめかな

落ちかかる冬月に街のこりをり

或る夜みづうみを圧し来る寒さあり

水鳥の水の模様となりおほす

なんどでも予感して綿虫の来る

水汲みしあとを水飲む枯の中

この町の神はきつねよ暦売

牡丹鍋をんなの箸は底ひまで

流水のひぐれて枯を通過せり

年新た蛇口に水のこぞりけり

今井杏太郎夫人　利子さん

百年百歳きれいな青を着て年賀

初蝶の翅のさざなみ繰り返す

棒立ちの男の見やる雉子かな

佐保姫の袖ふれて水うたひけり

山の名を言へばをちこち霞かな

こゑといふ糸引けば小綬鶏がほら

さびしさの陸の際まで流氷来

鍵かけて流氷の夜の海聴かむ

皮までも食うて春夜の深海魚

海の青帯びて流氷みな孤島

惑星に覚めてクレソン食んでをり

亀鳴いて果肉のやうな夕日かな

地にひらくものに遺跡や鳥帰る

あとがき

第四句集『まぼろしの雨』には二〇一八年から二〇二四年春までの三一一句を収めた。集名は「古セーターまぼろしの雨棲みゐたり」に因る。

いま、というときを詠んでいるつもりでも、そのものがもつ時間や記憶を受け取っているのだと思うことがある。

不意にひらかれる扉は、私のあずかり知らぬ思いを届けてくれる瞬間でもある。思わざるところから立ち現れるいまとは別の時間や記憶、それらは私の水底世界のような処につながる回路を知っているらしい。それらが醸す面白さ、不可思議さを享受しての一集となった。

二〇二四年六月　水と化す日を思うて

飯田　晴

著者略歴

飯田　晴（いいだ・はれ）

1954（昭和29年）　千葉県生れ
1988（昭和63年）「雲雀」入会　俳句をはじめる
1997（平成９年）「魚座」創刊に参加　今井杏太郎に師事
2006（平成18年）「魚座」終刊
2007（平成19年）　鳥居三朗主宰の「雲」創刊に参加
2016（平成28年）「雲」主宰を継承

句集に『水の手』『たんぽぽ生活』『ゆめの変り目』

俳人協会評議員
千葉県俳句作家協会理事
「墨 BOKU」同人

現住所　〒276-0023　千葉県八千代市勝田台1-7-1
D-1005　鳥居方

句集　まぼろしの雨

まぼろしのあめ

二〇二四年九月一一日　発行
定価＝本体二八〇〇円＋税
●著者――――飯田　晴
●発行者――――山岡喜美子
●発行所――――ふらんす堂
〒一八二―〇〇〇二　東京都調布市仙川町一―一五―三八―二F
TEL　〇三・三三二六・九〇六一　FAX　〇三・三三二六・六九一九
ホームページ　https://furansudo.com/　E-mail　info@furansudo.com
●装幀――――和　兎
●印刷――――日本ハイコム㈱
●製本――――㈱松　岳　社
落丁・乱丁本はお取替えいたします。
ISBN978-4-7814-1676-2 C0092　¥2800E